대신이라는 말

책 만 드 는 집 시 인 선 165

대신이라는 말

심인자 시조집

책만드는집

서늘한 노래에 취했다
여기 기웃 저기 기웃

서툰 솜씨로
언어의 집 한 채를 짓는다

언제쯤 시조답게 써볼까?
부단히 부끄럽다

－2021년 2월
심인자

| 차례 |

2부   몸으로 쓰다

3부   객석에서

4부   서늘한 노래

5부 여쭈어라

1부

원 안의 자화상

동행

그대 나를 꽃이라
부를 수 있다면

내가 그댈 바람이라
느낄 수 있다면

마음이 소스라치는 길
함께 걷기 때문입니다

제비꽃
– 박경리 무덤에서

예고 없이 찾아간 빈손이 부끄러워
철책의 쑥부쟁이 꺾어놓으려다 멈칫
당신의 생명 사랑이 가슴을 불끈 쥐네

골방에 앉아 격랑의 붓대 꼿꼿이 세워도
밀어내지 못했을 선생의 외로움인 양
늦가을 봉분 헤집고 나온 제비꽃 한 송이

글 속 더듬으니 살아있는 것 소리가
뫼를 나와 한산만 바다로 퍼져가네
신전리 제비꽃 당신 눈 뜨고 반기시네

대신이라는 말
−암 병동에서

한 방울 피도 못 되는 지랄 같은 슬픔이
목울대 밀어 올리며 새벽을 찍어 누른다
어둠 속 불 켠 전자시계 초초히 떨며 가고

불면을 이기지 못한 난장판 심연은
삽날에 뒤집히는 두려움 끌어안고
속죄의 제물을 자원한다 대신은 안 될까요

말라버린 눈물과 뭉그러지는 기도만
투두둑 가슴 안에서 때 없이 분질러진다

서른은 너무하잖아요
내 생을 떼 흥정한다

꽃탑

벚꽃 져도 환한 봄날
하동 쌍계사 팔영루 앞
목 떨군 동백 송이
꼭 끌어안은 할배
해종일 돌무더기 위에
비손으로 꽃탑 쌓는다
꽃 지는 저 너머로
연두는 떼 지어 솟고
겨운 짐 덜고 가라
발길 잡는 꽃할배

봄날은
꽃 펴놓아도
꽃 접어도
울렁울렁

섬진강

남기고 간 발자국 모래 속에 묻히고
빗점골에서 들려오는 애끓는 시 한 수
너덜경
붉은 절규 소리
시간 따라 풍화되었나?

재넘이 내려선 강둑 대숲도 윙윙이고
벽송사 능선 길 상처 품고 누운 와불
쫓기다
등걸잠이 든
생을 내려다본다

들어보라 들어보라 이어 풍 타고 오는
깊은 산 웅크린 이름 모를 뼈의 흐느낌을
섬진강
물갈퀴 세워
조곤조곤 이른다

간들바람

안 잡아 줄라모
흔들지 마이소

숭숭 구멍 뚫린
여그도 바람 들구마

그그도 허새비처럼
오미가미 흔들리요

고무줄

예고 없이 당겨 가는
마음이 무서워

무심한 눈길 보내며
자꾸 뒤로 젖힌다

심장에 생긴 실눈은
번연히 보고 있어도

용쓰다 앵 토라진
그 자리 무수한 실금

저기쯤 달아나려다
한순간 손 놓으면

팽팽한 당김 풀리고
더 가까이 후려치는

쿨럭쿨럭

1
꽃이 피었던가요
바람은 말없이 갔죠

당신을 위해 운 건지
날 위로해 운 건지

흰 이는
달빛 아래 숨어
다시 웃지 않았네요

데려가고 버려두고
구릉 너머로 뻑살 가득

싸늘한 침묵 속
쿨럭임 잦아들어도

추워져
자꾸 어두워져
더듬이 내밀어
햇살 감네요

2
오동꽃 그러더군요
삶이 참 진득하다고

겨울은 매화 보고
새초롬해도 희망이라고

힘 물다
춘풍 돌고 도니
꽉 움킨 마디 푸네요

목포 가는 길

가방 둘러업으니
마음 먼저 달아나고
한 번도 뛰지 못한 레일 위를 철컥 철커덕
차창 밖 달려드는 것도 바로바로 버리고

흔들리고 흔들리는
발걸음 모셔놓으니
복작대던 마음 가득 빈 길이 따라오고
환승의 산천 열차 오르니 헐렁헐렁 자유부인

삼랑진 가르고
하동역 뒤로 넘기고
눈 맞은 남도 가시나 물큰한 향기 찾아
신나는 수다 방 차리러 칠락팔락 갑니다

화본역

길을 내고 왔다가
길을 거두고 가나?

접시꽃 생글대는 간이역 멀어지는 완행열차

사람은 시간 따라가고
뙤만
뙤뚝* 남았다

* '덩그러니'라는 뜻의 방언.

나는 밤마다

나는 밤이면 벌어진 마음을 꿰매요
온종일 빠져나간 말의 행방 쫓으며
생솔로 지핀 심연을 끙끙거리며 끄네요

저곳 향해 삿대질만 하고 말았네요
이곳 보며 불쑥 갈고리만 걸었네요
분탕질 하루가 지나고 당신 곁에 앉으면

손 모음도 가식 같아 관절이 삐거덕거려요
중언부언 들끓는 기도만 허공을 떠도네요
당신은 왜 침묵하나요 나는 날마다 반문해요

동행 2

낡아감을 느낄 때
낡은 것의 숨결 가깝다

오래되어 편한 것의
애틋함과 측은함

무릎을 기어 나오는 욱신욱신한 통증도

그래그래 함께 가자
손 내밀어 토닥이면

깊어지는 주름살 펴며
물 차오르는 기억들

오래된
사물 같은 당신도
곁에 있어 참 고마운

그리운 동해부인*

국자 휘저어 건져 올린 진국의 속살들
제집 놓치고 국그릇 속 흐물흐물 누웠다
신혼의 달콤함까지 끌고 오는 그 겨울날

홍합같이 다닥다닥 붙은 골목길 빠져나와
펄럭펄럭 포장 들추고 새신랑과 홍합 먹다
참담치 속살보다 더 붉은 언 손에 눈 붙박였다

서른 해 바깥 살에 볼까지 익혀놓고
고단한 저녁 걸음에 소주 한 잔 부어주며
잘 우린 홍합 국물로 피곤 씻겨주던 아지매

원대천 바람이야 온몸으로 받아내지만
가난은 자르고 잘라도 도마뱀 꼬리라던
아지매 고난의 이력서 복음처럼 껴들었다

* 홍합.

26

무심

나 왔어

섬진강은 못 들은 척 흘러가네

악양 들

퍼지는 안개 사랑은 먼 산 보네

벚꽃은

봄 찔러놓고 보란 듯이 떠나가네!

최참판댁 별당에 앉아서

빛바랜 별당에 떨어지는 낙숫물
대숲을 건너가는 바람의 흐느낌에
연못의 잉어 떼는 연신
붉은 그리움 일으키고

추녀 끝 낙숫물 동그라미로 돌아도
나이테 멈춘 누마루 처량한 풍경 소리
아씨가 삼월아 부르니
득달같이 내달린다

만석도 저리 가라 그 사랑과 바꾸고
구천이 행방 쫓아 떠돌던 별당 아씨
해당화 만발한 가슴
어이 닫고 졌을까?

마루에 기대앉아 아씨 흔적 기웃거리니
머리 푼 수양버들 평화로이 흔들리고

별당 안 연못만 말없이
소설 속을 비춘다

2부

몸으로 쓰다

명자 할매

울 영감 칼칼할 때 발길 따라 심어놓은
옥봉동 그 꽃각시 애꿎은 눈웃음에

골수에
세운 첩첩 가시
앙탈로 치세웠지

몽니로 짓무르던 기억 물컹한 찰진 봄날
늘어진 가슴팍 앞에 흐드러진 명자꽃

야이야
내 딱 한 번 더
확 피고 접다 안 될라?

그래서 꽃

간식으로 나온 호박죽
쫄로리 앉아 먹을 때

합죽한 입가에
동글동글 꽃 핀다

할매요 참으로 이뿌요
우째 그리 꽃 같소

농담도 기분 좋게 해
늙은 기 뭐가 꽃이고

곁눈질로 흘기셔도
쪼글짜글 꽃 핀다

입가에 눈가에 피는
긴 시간의 흔적들

주름이라 말하면
손해 본 듯 아까워

세어보다 눈 맞추면
골골이 퍼지는 웃음

신춘광* 결 곱게 피운 줄
할매만 여태 모른다

* 국화(대국)의 한 품종.

호스피스

차향 같은 오후 세 시 햇살이 차오르면
옹다문 입술 사이 배어나는 목울음
아픔을 갈무리하는 손 함께 떨고 있다

심장의 붉은 무늬 울혈을 걸러내며
희망과 절망을 두 손으로 쥐어짜다
몸사래 멈춘 이들이 한 발씩 지우는 흔적

둥글게 파장되어 흔들리는 어깨를
둥글게 안아주는 또 다른 어깨 하나
두 개의 동심원이 만드는 소리 없는 징 소리

그 저녁

저녁의 시린 발이 다가오다 멈춘 사이
그 안을 들여다보는 버릇이 깊어간다
내 생은 어디쯤일까 한 치 앞 모르는 길

심장에 펄떡이는 조급함을 애써 누르면
서천으로 퍼져가는 헐거운 생의 무늬들
여기쯤 멈춰주어야 고통 접을 그런 날

이불 속 저린 발을 시린 발로 덥힌다
눈앞에 사그라지는 연극 같은 무대들
꿋꿋이 버티는 오른쪽
왼손으로 안는다

메아리

생활보장자 할매가 명절 선물을 받았습니다
누구에게 들킬세라 워커*에 매달았습니다
어둔한 걸음걸이로 문지방을 들락댑니다

안 오나 언제 올래 썩기 전에 오니라
묶었다 풀었다 과일도 지쳐 드러눕습니다
창밖엔 무심한 구름뿐 외동딸은 메아립니다

냉장고에 보관하려는 직원과 실랑이합니다
딸이 굶고 있다카이 고물 줍고 산다카이
워커에 매달린 사과도 할매 몸처럼 줄줄 웁니다

* 바퀴가 네 개 달린 보행 보조 기구.

허수아비

야이야 어데 있노 오늘 꼭 오제 훠이훠이
저 참새 좀 봐라 곡식 다 먹는다 훠이훠이
마카다 도둑놈이다 다 쫓아라 훠이훠이

옛일을 길어 오자 흔들리는 두레박
일몰에 허청대는 가녀린 두 다리
들녘을 달리는 눈빛 섬광처럼 빛난다

풋잠 사이 구부린 몸 땅속 파고들고
소통을 거부한 언어들이 엉키는 밤
빈 뜰을 휘감는 혼잣말 요양원 배회한다

미안합니다

가시가 또 가시 되어 가시를 찌릅니다
부러질 줄 모르고 이냥 촉 세웁니다
고통도 자꾸 들여다보면
사물 되나 봅니다

당신이 미로 속으로 정신 아파 헤맬 때
식어가는 손으로 그러지 말라 재촉합니다
안 돼요 가슴보다 말이 먼저 튀어 나갑니다

고통이 또 다른 새끼를 칠지 모른다는
막연한 불안감이 재생되지 않길 바라며
당신이 몸으로 기록하는 생의 일지 읽습니다

당신이 가시여서 내가 이리 두렵습니다
당신이 옹이여서 내가 그리 삽니다
당신이 슬픔이어서 내가 다시 삽니다

어디로 가는지 위험도 모르는 걸음 부둥키고
구속이라 말할 수 없는 그런 미래가 올까 봐
쓰라린 당신 가시 얼른 뽑아달라 손 모읍니다

비 광 그거 내 끼다

심심한 도란 할매 꼬드겨 화투를 친다
힐끗 보니 똥 광 쥐고 안절부절 쩔쩔맨다
똥 쌍피
슬쩍 놓고 입말
할매 퍼뜩 무삐소

하! 쩍 갈라지는 주름 사이 봇물 든다
패를 뒤집으니 똥 껍데기 철썩 붙는다
전주던
할매 얼굴이
똥 싼 표정이다

비 광 넌지시 내며 속으로 얼른 잡수소
잽싸게 비 껍데기 거머쥐는 손가락
이때다
또 뒤집히는 비 열
나또라 그거 내 끼다

천장이 무너지듯 망연한 도란 할매
벚꽃도 훌훌 날아가고 팔 광 솔 광도 나 몰라라

아! 우째
어르신 주는 게
내 먹기보다 더 어렵노

들어보라니까

−요양원에서

성한 몸들이 시간 앞에 부식되고
오래된 뼈들은 허기져 마디로 운다
마음은 발이 없어도 아들딸 집 다녀왔다

붉게 타던 노을도 서녘으로 숨어들고
온종일 목마름으로 내다보던 창 너머
어둠도 머쓱해져서 땅바닥으로 붙는다

종기같이 쑤시는 피붙이 끌어안고
등줄기 세워보아도 어느새 내려앉는 등
행여나 내일은 오려나, 애먼 발끝만 토닥토닥

날벼락

기억 끈 놓친 잠분 할매
저기 쌀 다 훔쳐 간다

으야노 저거 내 낀데
내 쌀 세 가마 내놔라

창밖엔 지상철 세 량
멀리서 가고 있다

억구저라*

틀니 닦아드리는데 티브이 보던 꼭지 할매

봐라 틀딱이 뭐고 틀니 닦고 있으니 선상이 틀딱이제 아이고 어르신 그건 인터넷 속에 숨어 살면서 손가락만 타닥거리는 저기 저어쫙에 사는 사람들이 쏘아대는 신종 무기라요

딱딱 딱 잘못 놀리면 가슴에 구멍 나니더

* '어이없다'라는 뜻의 경상도 댓말.

46

그케

보미 할무이
저 꽃 보이소 할무이랑 꼭 닮았니더

아이구 야이야 맞다 저거 내캉 똑같다 흐물흐물 잘도
널찌네 나도 탱실탱실하디마는 우짜다 쭈그렁바가지 돼
가꼬 오그라지네 세월이 퍼떡이다 띠금박질한 기 아인데
꿈꾼 거 맨치로 마카다 아련하네 저저저, 저거 좀 잡아라
우짠다꼬 자꾸 벗노 우야꼬, 참말로 우야꼬 저기 저 목련
꽃은 봄이 되면 다시 피는데 나는 언제 다시 피겄노?

그케요, 아침 이슬 저녁노을 자고 자도 모르겠니더

무서운 보약

밥이 안 넘어가는데 와 그리 닦달이고

밥상 보면 우짜꼬 싶어 속이 탄다 밥이 모래알이고 죽이 구정물 같은데 선상 같으면 넘기겠나 내가 밥 묵을 때마다 죽기 살기로 삼켜도 안 넘어간다 고마 내비도라 안 묵으면 죽는다카이 나도 안 몰란다 죽든가 먼 수가 나겠지 함부레 낸더러 무라고 옆에서 거들지 마레이 나는 요대로 요대로 입 다물고 죽을란다 절대로 안 묵을 끼다 안 묵는다 안 카나 저리 치아삐라 요것은 밥이 아니고 죽어도 산다는 보약인데 우짜꼬예

뭣이라
그람 진작 말해야지
퍼뜩 도고
무
야
제

속이 구쁘다

내가 밥을 뭇나 먹거리 찾던 몽실 할머니
치매 허기로 보이는 건 온통 먹을 것뿐
기저귀
속 뜯어 차려놓고
쌀밥 좀 묵어보소

피붙이 향한 허기 고갈되어 주저앉고
텔레비전 안에선 자글자글 산해진미
춘궁기
배 안에 든 아우성
이적지 못 몰아내고

나는 꿈치*예요

야금야금 기억을 도난당하고 있어요
몰래 들어와 지금 나를 송두리째 흔들어요
분분히 나를 잊어요
또 너를 외면해요

주변이 무너져요 곁사람이 더 아파요
나도 모르게 웃고 울며 주변 사람을 할퀴어요
대뇌를 손상당하니
싸맬 힘이 없어요

아름다운 병이래요 꿈꾸는 병이라고요
꿈꿈, 꿈이길요 피붙이도 잊어버리고
문 앞을 되돌아 돌며
하릴없이 배회해요

일몰의 불안감은 쑤시뭉티로 들러붙고
갈 길을 가르쳐주지 않는 끊긴 뇌 속

인생의 운전대를 놓쳤어요

누가 나를 지켜주세요

* 치매(꿈꾸는 병). 부정적인 치매의 이미지를 순화하기 위해 시인이 붙인
용어.

3부

객석에서

구형왕릉

묵언만 켜켜이 남겨놓은 돌무덤 위로
광년의 햇살은 아무 일 없는 듯 유한하고
삼키고 삼켜진 자들의 피마저 검어졌다

혹독히 내리치는 쥔 자의 채찍 앞에
송두리째 빼앗긴 유민의 밥그릇들
패주란 이름 내걸고 멈추려 했을 전쟁

새들도 날개 내리지 못하는 양왕릉 위로
지웠다 안도했던 내 생의 얼룩 즐비해
새 목록 작성하며 돌아서니
어디로? 길 묻는 칡넝쿨

객석에서

큰 눈 온 이른 아침 쓰레받기로 눈 치우다
눈 속에 납작 눌린 주검을 뜨고 말았다
짓밟혀 마지막을 맞은 참새는 뜬 눈이다

입찬말에 끌려가도 온몸 내던지며
치욕의 날 길바닥에 편 위안부 할머니
그날을 사죄해 달라 울부짖고 통곡한다

얼마나 귀 기울였나 애면글면 그 절규
무참히 밟아놓고 함구하는 사람 속의 나
짓밟힌 참새 앞에 서서 은결든 날 톺아본다

심야 고속버스

휘영청 보름달도 나 몰라라 피한 고속버스

전자시계 자정을 알리며 발광할 즈음
옆 좌석 꽁지머리 그치와 꽃치마의 두 다리
그들은 눈을 감고 촉각을 더듬고
나는 형형 눈 뜨고 시각을 밝힌다
눈총도 귀총도 몰라 즈그들 눈 감으니
원죄에 자범죄까지 끌고 오며 은근 두근
너그는 에나 좋겠다 살갗이 뜨거워서

달빛이 합세해 주면 이실직고해 삘 긴데

일간지 한쪽

바람이 매몰찼다
봄도 숨었다 발 속으로

구두가 아우성이다
넓적해진 모습 싫다고

놓쳤다
옥상 꼭대기에서
주인 잃은 구두 됐다

달구벌의 봄
−2020년

가슴을 골절 당하고 들숨 날숨이 힘겹다
발목 접질린 사람들은 거리를 비우고
불안을 삭이는 눈빛 마스크에 감금당한 입

가차 없이 찍어대는 출처 잃은 말의 홍수 속
상대를 물타기 하며 이득 챙기는 선동 집단
그들이 엎지른 페인트에 너, 나가 얼룩진다

살려내자 나를 버려서 고난을 자처한 손길
지켜내자 달구벌을 온몸으로 치는 방호벽
처절한 의료진의 희생 속 뭉글뭉글 꽃 핀다

현충원

말을 버린 권봉삼의 묘
빗물에 씻긴다

조화 뻣뻣이 만발한 비석 앞에 서서

낡삭은
계급장 앞세우고
거수경례하는 이름들

못다 한 말이었나
뒤섞인 새들의 울음

산 자도 죽은 자도 말이 없는 현충원

무심한 수양벚나무만
봄날 업고 흐드러진다

이승의 한 날

개망초 무심히
흔들리는 저수지 둑길

한 사내
바람 업고
울음 안고 꽃 속 간다

백산의
깊은 퇴로로
유기되는
상여 한 채

재수술

사면초가 또 엎어졌다
길은 멀기만 하다
완주를 앞에 두고 무릎을 꿇었다
내부의 소용돌이에 더 세차게 말려든다

창밖이 무너졌다
아니야 이것은 절대로
창백한 목덜미 아래 목울대가 거칠다
침묵이 두려워 딴 곳 본다 등줄기 훑는 서늘함

걸러내고 싶었다
무겁고 잔인한 유월
검붉게 부서지는 장미의 내력을
가시에 모질게 찔리며 아프게 읽어낸다

복사꽃 어머니

8차선 도로 위에 방향 잃은 꿩 한 마리
접지도 펴지도 못한 날개만 퍼덕인다
어디로 튀어야 길을 찾나 돌진하는 차들
길가로 천천히 꿩을 몰아내던 승용차 한 대
다급히 내려 차도 뛰어든 손가락이 긴 여자
남겨진 꽁지만 붙들었다 시속 무시한 검은 차
목젖 걸린 비명 버둥거리는 숨을 보듬고
피로 얼룩진 주검 검은 봉지 고이 담아
눈발이 흩날리는 길을 구부러지게 넘은 여자

'지키지 못해 미안해'
언 땅을 호미로 녹인다
눈물에 찔린 땅도 식은 꿩을 고이 안았다

너였니 그게 나였니
길 위에서 길 잃은 자

예순

허기가 떠난 자리
슬픔도 허물어지고

마음이 짓물러
생각도 무뎌졌다

그릴 것
지울 것 없는
민무늬만 모호하다

그 인터뷰

봄꽃 같은 그녀와 마주 보러 가는 날
주름 더 깊어 보여 웃음으로 메꾼다
야생초 웃자란 시밭 조심스레 들추고

가슴과 가슴 사이 말 추임새 넣어주며
활자로 뿌릴 씨앗 고르는 복사꽃 그녀
쓰라린 희망 노래에 다정다감 등 켠다

봄볕이 범어네거리 번져가는 늦은 오후
사람을 아끼는 일 연습으로 되지 않아
새 가슴 그녀에게 펴놓고
또 길을 재우친다

귀갓길

어둠 속에 반눈 뜬 쉰다섯 켤레 신발
문이 열릴 때마다 나를 찾나 화들짝
깔깔한 뒤축 세우며 뛰쳐나갈 태세다

소식 깜깜 살붙이는 어디쯤 오고 있는지
코로나19 탓이라는 티브이 흘겨보며
어눌한 뒤꿈치 끌고 피붙이 곁에 간다

꽤 오래 잡았던 손 놓고 퇴직하는 날
기다림만 가득 찬 신발 기약 없이 데워놓고
복음동 지킴이라는 내 이름도 지웠다

딴말 중

요양원 정원에는 명자꽃이 붉었다
목련이 얼룩져 떨어져 내릴 즈음
깃 떨군 새들이 놀러 왔다
이쪽저쪽 딴말들

피붙이 그리워 창밖으로 고개 돌아가는
아리랑 소녀들과 간간이 말 나누며
때 없는 부름 기다리는
사람들을 받쳤다

앞뒤로 흔들리는 것은 그네뿐이 아니었다
중심을 잃어버린 몸은 살붙이를 원했고
봄꽃의 내력 읽던 그들
끝내 꽃 안고 흩날렸다

망신

감은 눈으로 찾아간 광주
등 떠밀려 망월동 갔네

덮인 시간 들추고
부끄러움 알았네

무참히 꺾인 영령들
피 흘리며 날 보네

동지

맥문동 꽃대 끌어안고
홀라당 벗은 저 매미

으아 으아 으아아
너도 한때
나도 한때

진토 속 보라 꽃대만
솔갑증 나게
치솟네

4부
서늘한 노래

이심전심

햇살이 앵두처럼 붉어진 나른한 오후
요양원 벤치에 나란히 어깨 댄 모녀
극세사 잠옷 바지에 이름 새겨 넣는다

자꾸만 오그라지는 바지춤 서로 당기며
오당실 오당실 이름 석 자 덧칠하고 눌러쓴다
—함 보자 매매 써놨제
이름도 도망간데이

합죽한 입가엔 가느다란 깨꽃 웃음
—안 죽어서 큰일이다 얼른 죽어야 편한데
—오당실 딸 오래 할 끼요 나 고아 만들지 마요

툭툭 이어지는 대화 오래 살아 미안하다고
이 핑계 저 핑계로 자주 못 와서 미안하다고
마음껏 펴지 못한 마음 눈빛으로 이운다

엄마의 됫박

욕실 한구석에 쪼그리고 앉은 됫박
변색도 힘들었는지 테두리도 삭아간다
마흔 해 난전 동행해 기력도 소진됐나

열 식구 등에 졌던 서른다섯 울 옴마
곡식 자루에 짓눌려 어그러진 발가락
일평생 당신은 죽고 우린 펄펄 살았네

옴마 장에 가던 길 한디재 그 요양원
치매 오롯 안고 현실과 기억 다툼 하며
너그만 편하면 된다 들숨 너머 그 당부

당신을 거기 숨기고 미적대는 내 걸음이
세상의 어떤 일보다 미안하고 미안해
옴
마
아

숨죽여 불러보면
목구멍에 컥 걸린다

덤덤 무덤덤

어깨가 기울었네요
생각도 살도 버렸네요

작은 상자 안으로
마디 풀고 들어가네요

화부는 덤덤 무덤덤
당신 담아내네요

입술을 떠난 말들은
어디서 잡아 오나요

눈 안에 담았던
얼룩은 어디서 빼나요?

쟁쟁쟁 들을 구멍을
잃은 귀도 떠났네요

농막 일기

1
바람은 배롱나무 꽃가지로 숨어들고
염천에 늙은 농심도 낫 던지고 간 한낮
땅심에 약 오른 고추만
햇살 잡고 씨름한다

2
태풍이 눈 부라리며 깽판 놓고 간 뒤에
어제보다 많은 꽃이 바소쿠리로 벌쭉 웃고
박새도 콕콕 놀러 오고
밭고랑은 수런수런

3
첩첩 펼친 풍경을 가슴에 새겨 넣다
여자는 호미로 꽃 발등만 벅벅 긁었다
산허리 부산한 구름
안성맞춤 그치 오려나

남원리

꽃 잃은 가지 두고
구름은 푸르고
아니 본 듯
무심히
돌돌 가는 도랑물
길섶엔
박 터진 코스모스
가을가을 웃는다

그 여자

아프게 웃었던 아침 고통의 늪을 건너
보랏빛 멍이 들어 농막으로 돌아온 여자
텃밭의 꽃 닮은 치콘만 하염없이 보고 있다

저녁이 스멀거리는 들엔 당근꽃 만발하고
왕생집으로 기우는 몸 곧추세우고 세워봐도
돌아갈 길을 보는 여자는 먼 허방만 밟는다

항암치료 사이에 열매 보려 심은 과실수
시간이 없어요 다급히 손사래 치며
온몸을 말아 쥐던 그 여자
사는 이유 잃었다

우두커니

함몰되는 생각 앞에
멍하니 멈칫멈칫

개념 잃은 측두엽
천치인 양 우두커니

저 산의
모든 무덤도
천년토록 우두커니

방문객

두드리다
돌아서고 흔들다 놓아버리고

미로 속 더듬다가
빈 발로 돌아가는

단 한 번
열릴 큰 문 향해
잘게 흔든 작은 문

토향

벌컥벌컥 물켜는 소리
땅속으로 번져간다

차갑게 다문 땅 열고
물오르는 산수유여

묵은 때 절은 담장도
흥 나는 울음 운다

비 오니 가랑골 봉분도
뽀글뽀글 뒤척이겠다

겨울 열고 아버지
토향으로 오실 것 같아

흙냄새 붙당겨 가며
봄비 속에 코 박아본다

사분

평생 제 몸 풀어
더러운 것 빨아주다

향기도 산화되어
앙상한 뼈만 남았다

수돗가 쪼그리고 앉은
울 옴마 같은 저 비누

가슴에 오두다

개다리밥상에서 훌쩍 건너온 쌀밥을
양재기 꽁보리밥에 봉긋하게 덮어주며
아버지 하시는 말씀 야이야 들어봐라
한 상에 앉아 먹는 밥 먼저 퍼먹으려고
죄다 들쑤셔서 상하게 하지 말거라
밥 묵는 본새를 보면 그 사람이 보인다
숟가락은 안으로 착착 오다 넣으며 묵고
밥그릇 뺑뺑이 돌리면 만사 어지럽단다
제 그릇 꽉 오두고 무라 한눈팔면 퍼 간다

만산

많은 국화 중에
새하얀 그 꽃이

아무 말도 못 하고
거기 있네! 거기에

스물둘
못다 핀 그 꽃
끌어안고 도리질하네

피아골 단풍

걸어오네
코앞까지 안겨 드네
눈앞까지
산등성 타고 몽글몽글
벌 떼처럼 넘어오네
멋져라 울컥벌컥 물드는
장골 같은 그대여

뭉근한 햇살이어라
옴팡진 슬픔까지도
바람은
꼬리뼈로 한 잎씩
툭 치고 가네
아파라 꽃 속에 회오리
뻘쭘 서있는 이여

지는 줄

모르고 만산홍엽
물들던 순간
한소끔
남은 한낮
숨 막히는 곤두박질

가을을 뜨겁게 눕히고
허위허위 가는 이여

멈춰 서서

숭어 뛰듯 팔팔하게 꽃다운 꽃일 적에
돌핀호 날듯이 해금강 물살 가를 때
지심도 붉은 동백은 포말 속에 자물치고

그 군인 면회하고 돌아오던 뱃머리에서
장승포 총각은 속내 같은 숭어회 떴다
쪽빛에 출렁이던 웃음 더펄거리던 장발

허리 굵은 나이 안고 찾아든 해금강 물길
사월 끝 늙은 동백도 추억처럼 떠밀리고
퍼렇게 오한 든 바다만 감기든 양 쿨렁 인다

포로

산이 산 보고 붉어질 때
난 그댈 보고
붉어졌다
산 그림자 내려오듯
스멀스멀 가슴에 번져
수태골 단풍길 따라
그대 쪽으로
물든 가슴

5부
여쭈어라

동행 3

살갑게 쓰다듬던
감미롭던 그 손이

부들부들 울었다
어미여서 끈이어서

모자의
극심한 생활고
아이 눈마저 감겼다

이름을 찾아주세요

이름마저 버린 오 씨 오늘이라 불러달란다
섬유 공장 부도나고 김밥집 파산 나고
버젓한 이름도 감추고 오늘로 살아간다

에이 우라질 더러운 세상
앵꼽다 퉤! 퉤!
이참에 콱 뒈지면 꼴사나운 모습 안 보일 텐데
희뿌연 막걸리 한 사발 벌컥벌컥 들이켠다

오늘 무효 내일 유효 아직은 시퍼런 날
비켜라 맨바닥에도 휘영청 달이 뜬다
열려라 오늘이 간다 물러서라 내일은

어느 미투

봄볕이 축축한 뒤 그늘로 스며왔다
오랫동안 쓸쓸히 곰팡이 피운 대지
미투에 은근 은근히
치를 떨며 들썩인다

뒤편을 목격한 알음알음 눈들과
일말의 양심에 움찔하던 가슴도
자리가 흔들릴까 봐
모르쇠로 돌아섰다

봄이라 외쳐도 녹슨 쟁기는 뭉그적뭉그적
안으로 파고드는 단단한 송곳 뽑아내며
입 열고 더 벌어져 버린
저 흉통을 어쩔 껴?

색안경

눈길 어디에 맞추지
나만 들켜버리고

콧구멍에 그 입에
가려진 표정 찾아

저 홀로 맞추는 짝눈
너만
나를
주시하지

간격

아버지 허기져서 갈퀴 든 춘궁기
모두 눈은 빛났지 먹고살아야 하니까
사람도 사람 속의 사람도
서로 손잡고 있었지

흡혈들의 갈퀴 문어발로 뻗어가지
가려내는 흡착기 내 사람만 모으지
내 편이 아니면 적군
민심은 아수라장

살풍경

희끄무레한
전봇대 밑
수군수군 쏠리는 소리

검은 봉지 흰 봉지들 서로 등 맞대고 있다

눌리고
터진 배 안고
줄줄
진물 흘리며

어떤 기도

차지 않았나이다
달라 또 달라 채근하고

넘치게 부으소서 하다
그예 쏟아버리고

실종된
당신의 뜻은
그 어디에도 보이지 않고

장애인 할미 소원

거역 못 할 이가 오라 해도
나는 절대로 못 간다카이

쟈보다 하루 더 살아
먼저 보내고 갈 끼라

일평생 내 손으로 뒤척인 몸
바로 눕히고 간다카이

짬짜미

그거 모를까 봐
살며시 돌린 고개

밖으로 펴기 힘들지!
안으로 굽은 팔

알랑가
내 안 오만 데
번진 유혹
짬짜미를

진실 또는 거짓

산에 가보아라
사람 단풍 단풍도 단풍

빨 주 노 녹, 앞다투어
물들어도 슬픈 뒤태

저
잎
잎
붉은 진실로
뒤덮인 무릉도원

여의도에 가봐라
사람사태 말 사태

약속도 거짓이고
거짓도 참약속인

저
입
입
태우고 태워도
재 없는 불구덩이

여쭈어라

무엇을 잘못했나?
막고 있는 저 귀는

무엇을 외면하나?
감고 있는 두 눈은

무엇을 말하고 싶었나?
딸막이는 저 입은

그 귀 막고 그 눈 감고
그대들 입 다물어도

옆으로 터지는
저 붉은 제자리 살

소실된 그들 돌아와
그 입 열면
하! 하?

거룩한 침묵

한 차례 밀담이 오갔다
직함이 힘이었다

귓속으로 흘러든 압력
양심은 경직되었다

불편한 진실을 두고
묵시적 동의 한다

가위바위보

아카시아 두 잎 다 뜯겨도 노려본다
가위바위보 가위바위보 나란히 어깨 댄 자리
서로를 떨어트리려 마주 서서 기를 쓴다

옳고 옳아 아니야 절대 아니지 천심 사라지고
오직 이기기 위해 가위바위보 보바위가위
코앞에 몰려든 이와 기묘한 하이파이브

가위를 부수고 싶네 바위를 던지고 싶네
보를 뒤집고 싶네 단단히 움켜쥔 손들
한 잎이 떨어질 때마다 벌거벗는 저 수치

별거 아닌 일

별다른 생각 없이 똥 싸는 일만 잘하다가
단디 마음먹고 똥 치우는 사람이 됐다
잘 누면 사는 것이요 못 누면 죽는 것이라

여태껏 똥 잘 싸고 산 일이 고마워서
반죽한 똥 찾아내기 똥의 길 인도하기
더럽다 내치지 않기 참하다 칭찬하기

품고 살다 가차 없이 외면하고 돌아서서
깨끗하다 궁둥이 흔들어도 냄새나는 속
급하면 퍽퍽 싸대는 이
똥님 보기엔 깨끗한교?

풍접초

바깥이 소란스러워
두런두런 모였지

흔들리는 무리 속
높낮이 맞춰가며

등 대고 다 함께 차차차
지피지기 웃었지

불멸을 향한 언어의 승부사

이정환 시인

1

칼 샌드버그는 뼛속까지 내려가서 쓰라고 말했다. 심인자 시인의 이즈음 작업을 두고 말한 것처럼 보인다. 어떻게 하면 뼛속까지 내려갈 수 있을까? 그 점은 그의 작품을 세세히 살피는 동안 증명될 것이다. 흔히 글쓰기를 두고 죽음의 확인, 죽음의 연기, 자기 노출, 행동의 전제 조건 등을 말한다. 그러나 글은 영원불멸, 영혼 불멸을 상징하는 것이라는 생각이 든다. 사람이라면 누구든지 영원을 추구하기 때문이다. 영혼 불멸에 깊은 관심을 가지고 있기 때문이다.

심인자 시인을 두고 "불멸을 향한 언어의 승부사"라고 명명

하고 싶다. 그의 시조가 그것을 잘 말해주고 있어서다. 심인자 시인은 절망 앞에서 좌절하지 않는다. 절망을 직시한다. 절망을 파쇄할 힘이 있다. 그러한 기량을 갖추고 무지막지한 절망과 온몸으로 맞부딪치면서 몰아내는 일에 매진 중이다. 3장 6구 12음보의 시조를 통해서다.

2

심인자 시인은 경남 진주 출생으로 2012년 오누이시조 신인상 당선으로 등단했다. 출간한 책으로 시조집『거기, 너』와 공저『경상도 우리 탯말』등이 있다. 특히 그는 탯말 연구에 일가견이 있고, 작품 속에 입말을 잘 살려 써서 감동을 더한다. 이러한 감칠맛 나는 토속적인 언어 구사는 문학의 효용성을 높이는 데 크게 기여한다.

그대 나를 꽃이라

부를 수 있다면

내가 그댈 바람이라

느낄 수 있다면

마음이 소스라치는 길

함께 걷기 때문입니다
　－「동행」전문

낡아감을 느낄 때
낡은 것의 숨결 가깝다

오래되어 편한 것의
애틋함과 측은함

무릎을 기어 나오는 욱신욱신한 통증도

그래그래 함께 가자
손 내밀어 토닥이면

깊어지는 주름살 펴며
물 차오르는 기억들

오래된
사물 같은 당신도
곁에 있어 참 고마운
　－「동행 2」전문

「동행」이라는 제목에서 공동체 혹은 공동체 운명 같은 의미를 떠올리게 된다. 함께 간다는 것, 함께한다는 일은 소중하다. 세상은 더불어 살아가야 하는 곳이기 때문이다. 그런 점에서 어느 누구와 동행하는가 하는 문제는 중요하다. 때로 우리는 다른 생각과 다른 철학을 가진 이와도 같이 가야 한다. "그대 나를 꽃이라/ 부를 수 있다면// 내가 그댈 바람이라/ 느낄 수 있다면"이라는 전제가 초장과 중장을 구성하고 있다. 그대는 나를 꽃이라고 부르고 나는 그대를 바람이라고 느낄 수 있다면 이 모든 일은 "마음이 소스라치는 길/ 함께 걷기 때문"이라고 고백하는 중이다. 그것이 진정한 동행이라는 것이다. 대체 "마음이 소스라치는 길"의 의미는 무엇일까? 현대인의 가장 큰 결핍이 웃음과 간절함이라고 생각한다. 여기서 소스라침은 간절함과 깊은 관련이 있다. 서로가 서로에게 간절할 때 두 사람은 동행할 수 있을 터다. 혼연일체, 즉 합일은 그로부터 비롯된다.

「동행 2」를 보자. "낡아감을 느낄 때/ 낡은 것의 숨결 가깝다"라는 대목부터 간절함이 느껴진다. 그러면서 "오래되어 편한 것의/ 애틋함과 측은함"을 떠올린다. "애틋함", "측은함"이 직렬로 함께 묶인 점이 미묘하다. 인생의 한 단면을 선명히 아로새기게 한다. 첫 수 종장 "무릎을 기어 나오는 욱신욱신한 통증도"에 이르자 화자의 의도가 아프게 읽힌다. 그런 연후 둘째 수에서 "그래그래 함께 가자/ 손 내밀어 토닥이"고 있다. 또한 "깊어지는 주름살 펴며/ 물 차오르는 기억들"까지 떠올린다. 종장을 유심히 읽자. "오래된/ 사물 같은 당신도/ 곁에 있어 참 고마운"이라는 이 미완의 문장에서 사람살이가 그 얼마나 애틋하고 측은하며 간절한 것인지를 절감하게 된다. 그의 시는 이러한 경지까지 이르고 있다.

햇살이 앵두처럼 붉어진 나른한 오후
요양원 벤치에 나란히 어깨 댄 모녀
극세사 잠옷 바지에 이름 새겨 넣는다

자꾸만 오그라지는 바지춤 서로 당기며
오당실 오당실 이름 석 자 덧칠하고 눌러쓴다
—함 보자 매매 써놨제
이름도 도망간데이

합죽한 입가엔 가느다란 깨꽃 웃음
—안 죽어서 큰일이다 얼른 죽어야 편한데
—오당실 딸 오래 할 끼요 나 고아 만들지 마요

툭툭 이어지는 대화 오래 살아 미안하다고
이 핑계 저 핑계로 자주 못 와서 미안하다고
마음껏 펴지 못한 마음 눈빛으로 이운다
　―「이심전심」 전문

야금야금 기억을 도난당하고 있어요
몰래 들어와 지금 나를 송두리째 흔들어요
분분히 나를 잊어요
또 너를 외면해요

주변이 무너져요 곁사람이 더 아파요
나도 모르게 웃고 울며 주변 사람을 할퀴어요
대뇌를 손상당하니
싸맬 힘이 없어요

아름다운 병이래요 꿈꾸는 병이라고요
꿈꿈, 꿈이길요 피붙이도 잊어버리고
문 앞을 되돌아 돌며
하릴없이 배회해요

일몰의 불안감은 쑤시뭉티로 들러붙고
갈 길을 가르쳐주지 않는 끊긴 뇌 속
인생의 운전대를 놓쳤어요
누가 나를 지켜주세요
 ─「나는 꿈치예요」전문

그의 시편들을 유심히 들여다보면 그의 직업이 노출된다. 관찰자의 위치에 있지 않다. 함께하는 자리에 있다. 동고동락하는 것이다. 그에게 그 일은 직업이라기보다 하나의 사명이라는 느낌이 강하게 든다. 힘들지만 기쁨과 보람으로 감당하기 때문이다.

때는 "햇살이 앵두처럼 붉어진 나른한 오후" 무렵, 요양원 벤치에 앉아 "나란히 어깨 댄 모녀"가 "극세사 잠옷 바지에 이름 새겨 넣는" 일을 하고 있다. 자꾸만 오그라지는 바지춤을 서로 당기며 오당실 오당실 덧칠하고 눌러쓰는 이름 석 자를 두고 "함 보자 매매 써놨제/ 이름도 도망간데이"라고 말한다. 이름도 도망간다는 대목에서 묘한 아픔을 느끼게 된다. "합죽한 입가엔 가느다란 깨꽃 웃음"이 가득하고 "안 죽어서 큰일이다 얼른 죽어야 편한데"라고 어머니는 혼잣말을 하는데 딸은 오당실 딸 오래 하겠다면서 고아 만들지 말기를 간절히 청한다.

툭툭 이어지는 대화 가운데 "오래 살아 미안하다고" 어머니는 연해 말하고 딸은 "이 핑계 저 핑계로 자주 못 와서 미안하다고" 얘기한다. 그래서 "마음껏 펴지 못한 마음"은 "눈빛으로 이" 울고 만다. 이런 정황은 요양원 어느 곳에서나 비일비재하다. 우리의 현실이 그러한 것이다. 요양원은 인생의 종착지다. 참으로 서글프지만 그 누구도 거부하지 못한다. 「이심전심」은 딸과 어머니의 이야기지만 곧 우리의 이야기이기도 하다. 생로병사의 길을 그 누구도 거역할 수 없기에 죽음을 평화롭게 맞이

할 수 있는 준비를 미리 해두어야 할 것이다. 끝까지 품위를 잃지 않고 의연하게 종언에 이르기 위해서는 혼자만의 노력으로는 불가능할 것이다. 사회제도도 잘 마련되어야 하고 개인이나 가족이 이에 대한 바른 인식과 적절한 대처가 있어야 할 것이다. 죽음은 새로운 세계로 들어가는 시작이라고 하지만 여전히 두렵고 떨리는 일이다.

"꿈치"는 치매, 즉 꿈꾸는 병의 부정적인 이미지를 순화하기 위해 시인이 붙인 용어다. 「나는 꿈치예요」라는 시조에서 "야금야금 기억을 도난당하고" "몰래 들어와 지금 나를 송두리째 흔들"어대는 병으로 인해 주변이 무너지고 곁사람이 더 아픈 상황을 노래한다. "아름다운 병", "꿈꾸는 병"이라고는 하지만 진실로 꿈이기를 바란다. "피붙이도 잊어버리고" 늘 "문 앞을 되돌아 돌며/ 하릴없이 배회"하기 때문이다. "일몰의 불안감은 쑤시뭉티로 들러붙고/ 갈 길을 가르쳐주지 않는 끊긴 뇌 속"으로 말미암아 "인생의 운전대를 놓"쳐버린 것이다. "쑤시뭉티"란 경상도 지역에서 흔히 듣는 '수세미처럼 엉키다'라는 뜻의 탯말이다.

한 방울 피도 못 되는 지랄 같은 슬픔이
목울대 밀어 올리며 새벽을 찍어 누른다
어둠 속 불 켠 전자시계 초초히 떨며 가고

불면을 이기지 못한 난장판 심연은
삽날에 뒤집히는 두려움 끌어안고
속죄의 제물을 자원한다 대신은 안 될까요

말라버린 눈물과 뭉그러지는 기도만
투두둑 가슴 안에서 때 없이 분질러진다

서른은 너무하잖아요
내 생을 떼 흥정한다
　－「대신이라는 말－암 병동에서」 전문

벚꽃 져도 환한 봄날
하동 쌍계사 팔영루 앞
목 떨군 동백 송이
꼭 끌어안은 할배
해종일 돌무더기 위에
비손으로 꽃탑 쌓는다
꽃 지는 저 너머로
연두는 떼 지어 솟고
겨운 짐 덜고 가라
발길 잡는 꽃할배

봄날은
꽃 펴놓아도
꽃 접어도
울렁울렁
  -「꽃탑」전문

울 영감 칼칼할 때 발길 따라 심어놓은
옥봉동 그 꽃각시 애꿎은 눈웃음에

골수에
세운 첩첩 가시
앙탈로 치세웠지

몽니로 짓무르던 기억 물컹한 찰진 봄날
늘어진 가슴팍 앞에 흐드러진 명자꽃

야이야
내 딱 한 번 더
확 피고 접다 안 될라?
  -「명자 할매」전문

간식으로 나온 호박죽

쫄로리 앉아 먹을 때

합죽한 입가에
동글동글 꽃 핀다

할매요 참으로 이뿌요
우째 그리 꽃 같소

농담도 기분 좋게 해
늙은 기 뭐가 꽃이고

곁눈질로 흘기셔도
쪼글짜글 꽃 핀다

입가에 눈가에 피는
긴 시간의 흔적들

주름이라 말하면
손해 본 듯 아까워

세어보다 눈 맞추면
골골이 퍼지는 웃음

신춘광 결 곱게 피운 줄

할매만 여태 모른다

　　－「그래서 꽃」전문

　네 편을 함께 본다. 먼저 「대신이라는 말」이다. 이번 시조집
의 표제작이다. "한 방울 피도 못 되는 지랄 같은 슬픔이/ 목울
대 밀어 올리며 새벽을 찍어 누"르고 있다. 참 절박한 상황이
다. "어둠 속 불 켠 전자시계 초초히 떨며 가고" 있는 것을 바라
보는 화자의 마음은 그 누구도 다잡아 주지 못한다. "불면을 이
기지 못한 난장판 심연은/ 삽날에 뒤집히는 두려움 끌어안고/
속죄의 제물을 자원"하고 있다. 속죄양 예수 그리스도를 간절
히 외치게 만든다. "대신은 안 될까요"라고 부르짖는다. 대신할
수 없음을 번연히 알면서도 대신했으면 하는 마음으로 외친다.
"말라버린 눈물과 뭉그러지는 기도만/ 투두둑 가슴 안에서 때
없이 분질러"지고 있는 때다. "서른은 너무하잖아요" 하면서 화
자는 "내 생을 떼 흥정"을 하고 있다. 흥정이 성사되었으면 하
는 마음 간절하다. 「대신이라는 말」은 이처럼 절박한 순간을
세 수의 시조로 직조하여 독자의 심금을 울린다. 지성이면 감
천이라는 옛말이 꼭 실현될 것이다.
　「꽃탑」은 이색적인 정경 묘사가 눈길을 끈다. "벚꽃 저도 환
한 봄날/ 하동 쌍계사 팔영루 앞/ 목 떨군 동백 송이/ 꼭 끌어안

은 할배"가 "해종일 돌무더기 위에/ 비손으로 꽃탑 쌓는"것을 눈여겨보고 있다. 그 시간 "꽃 지는 저 너머로/ 연두는 떼 지어 솟고/ 겨운 짐 덜고 가라"며 꽃할배는 발길을 잡는다. 그래서 화자는 "봄날은/ 꽃 펴놓아도/ 꽃 접어도/ 울렁울렁"이라고 끝 맺고 있다. 봄날은 그야말로 꽃을 펴놓아도 꽃을 접어도 그 느 낌은 같다. "울렁울렁"이다. 정서에 깊이 호소하는 적절한 흉내 내는 말로 새로운 미적 정황을 제시하고 있는 점이 인상적이다.

「명자 할매」도 재미있게 읽힌다. 시인은 그때그때마다 맛을 낼 줄 안다. 언어는 어떻게 버무리느냐에 따라 맛이 달라진다. 그는 맛깔스러움을 안다. "울 영감 칼칼할 때 발길 따라 심어놓 은/ 옥봉동 그 꽃각시 애꿎은 눈웃음에// 골수에/ 세운 첩첩 가 시/ 앙탈로 치세웠지"라는 첫 수가 의미심장하다. 옥봉동은 진 주에 있다. "몽니로 짓무르던 기억 물컹한 찰진 봄날/ 늘어진 가슴팍 앞에 흐드러진 명자꽃"을 바라보면서 "야이야/ 내 딱 한 번 더/ 확 피고 접다 안 될라?"라는 간절한 소망의 입말 구사 가 눈길을 끈다. 저 명자꽃처럼 한 번만 더 활짝 피었으면 하는 바람은 누구나 가질 수 있을 테지만 이렇게 맛깔스럽게 구현하 기란 그리 쉽지 않은 일이다.

「그래서 꽃」은 그래서 "그래서 꽃"이라는 제목이 붙게 되었 구나 하는 사실을 전편을 통해 잘 밝히고 있다. "간식으로 나온 호박죽/ 쫄로리 앉아 먹을 때// 합죽한 입가에/ 동글동글 꽃"이 피는 것을 보고 있다. "쫄로리", "동글동글"이라는 시어가 할매

들의 모습을 여실하게 드러낸다. "할매요 참으로 이뿌요/ 우째 그리 꽃 같소"에서 비록 정신은 가물가물해도 곱게 나이 든 이들의 아름다움을 진솔하게 그리고 있다. "농담도 기분 좋게 해/ 늙은 기 뭐가 꽃이고"라면서도 할매는 좋아한다. "곁눈질로 흘기셔도/ 쪼글짜글 꽃"이 피어서 "입가에 눈가에 피는/ 긴 시간의 흔적들"이 잘 보인다. 그리고 "주름이라 말하면/ 손해 본 듯 아까워// 세어보다 눈 맞추면/ 골골이 퍼지는 웃음"으로 행복한 분위기다. 그래서 국화의 한 품종인 "신춘광 결 곱게 피운 줄/ 할매만 여태 모"르는 것이다.

　　허기가 떠난 자리
　　슬픔도 허물어지고

　　마음이 짓물러
　　생각도 무뎌졌다

　　그릴 것
　　지울 것 없는
　　민무늬만 모호하다
　　–「예순」전문

　　저녁의 시린 발이 다가오다 멈춘 사이

그 안을 들여다보는 버릇이 깊어간다
내 생은 어디쯤일까 한 치 앞 모르는 길

심장에 펄떡이는 조급함을 애써 누르면
서천으로 퍼져가는 헐거운 생의 무늬들
여기쯤 멈춰주어야 고통 접을 그런 날

이불 속 저린 발을 시린 발로 덮는다
눈앞에 사그라지는 연극 같은 무대들
꿋꿋이 버티는 오른쪽
왼손으로 안는다
 ─「그 저녁」 전문

　젊은이들은 '60'이라는 숫자에 대해서 그리 민감하지 않을
것이다. 그러나 쉰이 넘으면서 얼마 있지 않으면 나도 예순을
맞는구나, 생각하게 된다. 어느덧 그렇게 된 것이다. 「예순」은
그런 소회를 담담히 드러내고 있다. "허기가 떠난 자리/ 슬픔도
허물어지고// 마음이 짓물러/ 생각도 무뎌"져 버려서 이젠 "그
릴 것/ 지울 것 없는/ 민무늬만 모호"한 때를 맞게 된 것이다.
예순에 이르러 "민무늬"를 떠올린 것에 눈길이 오래 머문다. 무
늬가 없는 연조에 접어든 것을 두고 그렇게 형용한 셈이다. 그
래서 그릴 것도 지울 것도 없는 때를 맞은 것이다.

「그 저녁」은 사색의 깊이가 느껴진다. "저녁의 시린 발이 다가오다 멈춘 사이/ 그 안을 들여다보는 버릇이 깊어"가고 있다. "내 생은 어디쯤일까 한 치 앞 모르는 길"에 여전히 서있는 화자로서는 그런 성찰이 필요했을 것이다. "심장에 펄떡이는 조급함을 애써 누르면/ 서천으로 퍼져가는 헐거운 생의 무늬들"이 눈에 잘 보인다. "여기쯤 멈춰주어야 고통 접을 그런 날"을 예의 주시 하고 싶은 것이다. "이불 속 저린 발을 시린 발로 덥"히면서 "눈앞에 사그라지는 연극 같은 무대들"을 직시한다. 그래서 화자는 하나의 치유 방식을 실행한다. 즉, "꿋꿋이 버티는 오른쪽"을 "왼손으로 안는" 일이다. 사색을 통해 성찰의 시간을 갖는 일은 이처럼 값진 것이다.

어깨가 기울었네요
생각도 살도 버렸네요

작은 상자 안으로
마디 풀고 들어가네요

화부는 덤덤 무덤덤
당신 담아내네요

입술을 떠난 말들은
어디서 잡아 오나요

눈 안에 담았던
얼룩은 어디서 빼나요?

쟁쟁쟁 들을 구멍을
잃은 귀도 떠났네요
　－「덤덤 무덤덤」 전문

개다리밥상에서 훌쩍 건너온 쌀밥을
양재기 꽁보리밥에 봉긋하게 덮어주며
아버지 하시는 말씀 야이야 들어봐라
한 상에 앉아 먹는 밥 먼저 퍼먹으려고
죄다 들쑤셔서 상하게 하지 말거라
밥 묵는 본새를 보면 그 사람이 보인다
숟가락은 안으로 착착 오다 넣으며 묵고
밥그릇 뺑뺑이 돌리면 만사 어지럽단다
제 그릇 꽉 오두고 무라 한눈팔면 퍼 간다
　－「가슴에 오두다」 전문

별다른 생각 없이 똥 싸는 일만 잘하다가
단디 마음먹고 똥 치우는 사람이 됐다
잘 누면 사는 것이요 못 누면 죽는 것이라

여태껏 똥 잘 싸고 산 일이 고마워서
반죽한 똥 찾아내기 똥의 길 인도하기
더럽다 내치지 않기 참하다 칭찬하기

품고 살다 가차 없이 외면하고 돌아서서
깨끗하다 궁둥이 흔들어도 냄새나는 속
급하면 퍽퍽 싸대는 이
똥님 보기엔 깨끗한교?
　－「별거 아닌 일」 전문

　「덤덤 무덤덤」을 읽으며 인생 만사가 결코 덤덤하지도 특별
하지도 않다는 점을 깨닫는다. "어깨가 기울"고 "생각도 살도
버렸"다. 그렇게 해서 "작은 상자 안으로／ 마디 풀고 들어가"버
린다. 그리고 "화부는 덤덤 무덤덤／ 당신"을 담아내고 있다. 하
여 묻는다. "입술을 떠난 말들은／ 어디서 잡아 오"며, "눈 안에
담았던／ 얼룩은 어디서 빼"는지를. 그러나 답은 없다. "쟁쟁쟁
들을 구멍을／ 잃은 귀도 떠났"기 때문이다. 한 인생의 종언을
지켜보면서 할 수 있는 일이라고는 "덤덤 무덤덤"이라는 사실

을 앞서 살핀 "울렁울렁"이라는 시어와 관련지어서 생각해 볼 필요가 있다. "덤덤 무덤덤"이 아닌 그 어떤 말로 형용할 수 있을 것인가. 이것은 일종의 달관이다. 달관 중에서도 미학적 달관의 세계다.

「가슴에 오두다」는 제목이 눈길을 사로잡는다. "개다리밥상에서 훌쩍 건너온 쌀밥을/ 양재기 꽁보리밥에 봉긋하게 덮어주며/ 아버지 하시는 말씀 야이야 들어봐라"라고 화자는 주목을 부탁한다. "한 상에 앉아 먹는 밥 먼저 퍼먹으려고/ 죄다 들쑤셔서 상하게 하지 말거라"라고 한 것은 "밥 묵는 본새를 보면 그 사람이 보"이기 때문이다. "숟가락은 안으로 착착 오다 넣으며 묵고/ 밥그릇 뺑뺑이 돌리면 만사 어지럽"다면서 "제 그릇 꽉 오두고 무라 한눈팔면 퍼 간다"라고 끝맺고 있다. 제 그릇을 꽉 오두지 않으면 앗길 수 있다는 점을 강조하고 있다. 언제 어디에서든지 자신을 잘 지키며 살라는 당부 말씀으로 읽힌다.

「별거 아닌 일」은 결코 별거 아닌 일이 아님을 드러낸다. "별다른 생각 없이 똥 싸는 일만 잘하다가/ 단디 마음먹고 똥 치우는 사람"이 된 뒤 "잘 누면 사는 것이요 못 누면 죽는 것이라"는 삶의 이치를 자각한다. 옳은 말이다. 그래서 화자는 "여태껏 똥 잘 싸고 산 일이 고마워서/ 반죽한 똥 찾아내기 똥의 길 인도하기"도 열심히 하고 "더럽다 내치지 않고 참하다 칭찬하기"도 잘한다. "품고 살다 가차 없이 외면하고 돌아서서/ 깨끗하다 궁둥이 흔들어도 냄새나는 속"을 생각하면서 "급하면 퍽퍽 싸대는 이/ 똥님 보기엔 깨끗한교?"라고 반문하면서 별거 아닌 일 같으면서도 아주 특별한 일에 대해 방점을 찍고 있다. 웃으며 지나칠 일이 아니다. 진정성 있는 경험에 바탕을 둔 사유다.

그는 몇 편의 사설시조를 통해 사설의 진가를 드러내고 있다. 말 부림이 농익어 있어서 곱씹어 읽게 한다.

틀니 닦아드리는데 티브이 보던 꼭지 할매

봐라 틀딱이 뭐고 틀니 닦고 있으니 선상이 틀딱이제 아이고 어르신 그건 인터넷 속에 숨어 살면서 손가락만 타닥거리는 저기 저어짝에 사는 사람들이 쏘아대는 신종 무기라요

딱딱 딱 잘못 놀리면 가슴에 구멍 나니더
　－「억구저라」 전문

보미 할무이
저 꽃 보이소 할무이랑 꼭 닮았니더

아이구 야이야 맞다 저거 내캉 똑같다 흐물흐물 잘도 널찌네 나도 탱실탱실하디마는 우짜다 쭈그렁바가지 돼가꼬 오그라지네 세월이 퍼떡이다 띠금박질한 기 아인데 꿈꾼 거 맨치로 마카다 아련하네 저저저, 서거 좀 잡아라 우짠다꼬 자꾸 벗노 우

야꼬, 참말로 우야꼬 저기 저 목련꽃은 봄이 되면 다시 피는데
나는 언제 다시 피겄노?

그케요, 아침 이슬 저녁노을 자고 자도 모르겠너
　　－「그케」 전문

"억구저라"는 '어이없다'라는 뜻의 경상도 탯말이다. "틀니
닦아드리는데 티브이 보던 꼭지 할매"가 "봐라 틀딱이 뭐고 틀
니 닦고 있으니 선상이 틀딱이제"라고 하자 화자가 답하기를
"아이고 어르신 그건 인터넷 속에 숨어 살면서 손가락만 타닥
거리는 저기 저어짝에 사는 사람들이 쏘아대는 신종 무기라
요"라고 하면서 "딱딱 딱 잘못 놀리면 가슴에 구멍 나니더"라고
일러준다. 어이없는 일을 두고 감칠맛 나는 한 편의 사설 「억구
저라」를 엮어내고 있다.

　「그케」에서 "보미 할무이/ 저 꽃 보이소 할무이랑 꼭 닮았니
더"라고 하자 "아이구 야이야 맞다 저거 내캉 똑같다 흐물흐물
잘도 널찌네 나도 탱실탱실하디마는 우짜다 쭈그렁바가지 돼
가꼬 오그라지네 세월이 퍼떡이다 띠금박질한 기 아인데 꿈꾼
거 맨치로 마카다 아련하네 저저저, 저거 좀 잡아라 우짠다꼬
자꾸 벗노 우야꼬, 참말로 우야꼬 저기 저 목련꽃은 봄이 되면
다시 피는데 나는 언제 다시 피겄노?"라면서 실감 나는 화법의
생생한 입말이 질펀하게 이어진다. 화자는 "그케요, 아침 이슬

저녁노을 자고 자도 모르겠니더"라고 답한다. 이처럼 삶은 한 순간이다.

3

그가 두 번째 시조집 『대신이라는 말』을 상재한다. 경하할 일이다. 하지만 제목에서 보듯 곡진한 아픔이 배어있다. 우리는 어떤 절망도 이겨내야 한다. 극복하고자 하는 열망의 끈을 놓치지 않아야 한다. 그의 노래가 그러한 간절함으로 가득하기에 또 한고비를 거뜬히 넘길 수 있을 것이라고 굳게 믿는다.

심인자 시인은 입말 구사에 능하다. 언어에 대한 궁구와 더불어 삶의 도저한 깊이까지 내려가 굴착을 거듭하는 태생적인 시인이다. 이러한 프로 근성이 그의 시조 세계를 더욱 값지고 풍성하게 하는 밑거름이 되고 있다. 이제 또 다른 출발점에 섰다. 새로운 시각과 철학적 사유로 불멸을 향해 부단히 활시위를 당길 일이다. 언어의 승부사로서의 면모를 다잡으며, 배전의 노력을 기울일 때가 다시 도래했기 때문이다.

『대신이라는 말』의 미학적 성취에 큰 박수를 보내며, 굴기의 정진을 빈다.

대신이라는 말

—

초판 1쇄 2021년 2월 3일
지은이 심인자
펴낸이 김영재
펴낸곳 책만드는집

—

주소 서울 마포구 양화로3길 99, 4층 (04022)
전화 3142-1585·6
팩스 336-8908
전자우편 chaekjip@naver.com
출판등록 1994년 1월 13일 제10-927호
ⓒ 심인자, 2021

—

* 이 도서는 한국문화예술위원회의 2019년도 아르코문학창작기금 지원사업에 선정
되어 발간된 작품입니다.

—

ISBN 978-89-7944-753-8 (04810)
ISBN 978-89-7944-354-7 (세트)